소정 민문자 제6시집

# 화답시

도서출판 청어

# 화답시

민문자 지음

발 행 처 · 도서출판 **청어**
발 행 인 · 이영철
영　　업 · 이동호
홍　　보 · 천성래
기　　획 · 남기환
편　　집 · 방세화
디 자 인 · 이수빈 | 김영은
제작이사 · 공병한
인　　쇄 · 두리터

등　　록 · 1999년 5월 3일
(제321-3210000251001999000063호)

1판 1쇄 발행 · 2022년 4월 20일

주소 · 서울특별시 서초구 남부순환로 364길 8-15 동일빌딩 2층
대표전화 · 02-586-0477
팩시밀리 · 0303-0942-0478

홈페이지 · www.chungeobook.com
E-mail · ppi20@hanmail.net
ISBN · 979-11-6855-029-2(03810)

# 서시(序詩)


꿈 많던 노처녀에게
제일 먼저 달려온 노총각
울근불근 삭혀낸 세월 흘러가니

별이라도 따다 주고 싶어요
이젠 바라만 보아도 좋아
서로서로 소중한 줄 아네요

피할 수 없는 막다른 황혼녘에서
지난 세월 뒤돌아보며
나도 사랑한다고 화답했네요


2022년 봄
소정 민문자

# 나 당신 사랑해

문촌 이덕영


하얗게 내린 눈 위에
나 당신 사랑해
낙관 찍어 남기고 싶다

한 평생의 세월 채우지 못한 여백
돋보이는 한 폭 빛바랜 문인화
나 당신 사랑해 여유이고 싶다

눈 내리는 산야 외로운 산장
눈 속에 갇혀 맞은 새해 첫날
좋아했던 날 웅녀의 품속 따뜻한 미소
나 당신 사랑해 환희이고 싶다

눈 모자 눌러 쓴 청절의 100년 붉은 소나무
나이테 되어 남고 싶다
나 당신 사랑해

# 화답시

소정 민문자


우리는 부부 시인
남들은 우리를 보고 부럽다고 하지만
그저 무덤덤하게 사네요

반세기 넘는 세월에 그에게
미운 정 고운 정 다 스며들었다고나 할까요
내 사랑도 슬며시 슬며시 스며들었나 보네요

자주 가는 문학기행에서 좋은 경치 보면
그대 생각에 다음에 함께 와야지
맛있는 걸 보면 그대 얼굴 먼저 떠오르네요

인생길 동행해 주어 고맙소
찬란한 황금빛 노을 앞에서 크게 외쳐보네요
나도 당신 사랑해요 나도 당신 사랑해요

# 차례

## 1부  행복

# 3부 취미와 추억

## 4부 선물

## 5부 건강

1부

행복

# 소소한 행복

코로나 전염병 확산으로 세상은 온통
우울증에 시달린다고 아우성인데
그제는 고종사촌 여동생이
찹쌀떡 두 상자나 보내오더니
어제는 팔순이 훌쩍 넘은 선배가
자랑스러운 후배라고
맛난 호두과자 상자를 보내왔네

내일은 우리 집 노총각이
형님 부부와 함께 우리를
1박 2일로 수안보 온천을 시켜준다고 하네
이래저래 남들은 코로나19 증후군으로 울상인데
이렇게 행복한 시간을 보내고 있으니
우리 가족은 얼마나 다행인가
그저 매사에 감사한 일이로다

(2021. 3. 6.)

# 『금혼식』

일 년 동안 일기 쓰듯 써 모아
정성을 다해서 퇴고해
출판사에 보내놓고 기다리고 기다리던
다섯 번째 시집 더미 『금혼식』이 도착했네

『꽃시』와 똑같은 표지 장정
이제 붉은 팥죽색은 소정 시집 이미지 고정

대충 정리해 놓고 한 권을 뽑아 들고
처음부터 끝까지 정독해보니
그렇게 심혈을 기울여 살폈었건만
딱 한군데 조사 선택 잘못. 옥에 티네

비바람과 눈보라 맞으며 반세기를 지내고 보니
박토가 옥토 되고 호랑이가 토끼가 된
화호월원(花好月圓) 꽃밭에 우리 부부 서 있네
이곳이 극락이고 천당인 줄 예전엔 미처 몰랐지

# 가을의 향기

아직 창밖 나뭇잎들은 푸르기만 한데
기온이 뚝 떨어졌다
아이쿠, 늦가을인가 봐
가을은 뭐니 뭐니 해도 국화 향기인데
그냥 지나가면 안 되지

어머니 산소에 심었던 황국이 생각난다
부리나케 꽃집으로 달려갔다
노란 화분에 노오란 꽃 첫눈에 반했다
여보세요! 아무도 안 계세요?
꽃집 문은 열려있어도 인기척이 없다

간판에 적혀있는 전화번호를 눌렀다
노란 국화 얼마입니까, 어디 계세요?
예, 꽃배달 왔어요
먼저 화분 가져가시고 나중 결제하세요
그럼 계좌번호 문자 주세요!

목소리만 듣고 물건을 판매하다니
아! 우리나라가 선진국이 되었다더니
신용사회 된 대한민국 브라보!
집에 도착하자마작 꽃값 송금했네요
국화 한 분 모셔놓으니 기분이 황홀하다

# 개복숭아

꼭 예닐곱 살 먹은 소녀 같다
저 귀엽고 고운 볼을 꼬집어 주고 싶다

아랫집 담장을 살짝 넘어 온
예쁜 계집애 같으니라구!

아! 깨물어주고 싶은 저 볼
시금털털 달콤하겠지?

# 꽃동산에 앉아서

애틋한 그리움의 꽃 두견화 지고나면
매혹적인 사월의 꽃 영산홍 피어나리라
봄꽃의 절정은 철쭉꽃의 축제

벗님들 불러 모아 꽃동산 구경 가자
어서 가자 화부십일홍이니라
봄바람 콧바람에 우리도 꽃인 양 활짝 웃어보자

꽃궁전이 그대처럼 아름답구나
꽃철쭉 꽃구름 고혹적인 분위기에
나도 꽃인 양 꽃과 어울려 보았네

# 꽃으로 보여라

하늘은 하양 높고 푸른 동짓달 만추에
강남에서 남부럽지 않게 사는 마님의 초대로
셋이서 그동안 나누지 못했던 이야기꽃을 피웠네
그리고 달콤한 초콜릿 선물까지 받아들고 귀가 중인데

엊그제 제4 시집을 발간해서 보내준
시인의 전화를 받았네
이 할미꽃을 만나고 싶다네
열사의 나라에서 달러를 버느라 애쓰는 사나이

개봉역 아래 조촐한 찻집에서 마주 앉아
이야기를 나누었지. 참 이상한 일이야
그는 나에게 무엇인가 자꾸만 주고 싶은 모양이야
봄에는 고향에 가서 쑥과 미역을 가져다 주더니

오늘은 사우디 명산물을 이것저것 가져왔네
나는 그에게 줄 것이 없어서
강남에서 선물 받은 초콜릿을 주었지
이 할미꽃이 아직도 아름다운가요?

그저 남의 눈에 꽃으로 보여라 잎으로 보여라 하시던
어머님의 음덕을 입어서인지
이 사람 저 사람의 사랑을 많이 먹고 살아가네
내일도 초대를 받은 나는 꼬부라진 할미꽃

# 나오리 녹차꽃

2021년도 저물어가는 12월 첫째 토요일에
'갈치 꼬랑지'처럼 좁고 길게 자리 잡은
태안반도 땅끝 마을
'너무 멀어 가다가다 만다'는 만대마을
그 마을 새 이름 나포리를 연상케 하는 나오리

젊은 시절 프랑스에서 도자기 표면을
자연스럽게 갈라지게 하는 트임기법을 만들어
유럽에서 대단한 인기를 얻고 귀국했다는
양승호 도예가의 가마터가 있는 학습장에서
윤곤강 시인의 시를 비롯한 시낭송회를 열었다

금방 꺾어온 나오리 녹차꽃을 바라보며
주인이 제공하는 생녹차를 마셨다
신비로운 도자기 꽃병의 배경 탓일까?
그 트임기법으로 생산된 찻잔의 은근한 매력에
찻잔 네 개를 상당한 금액에 구입하기도 하였지

동지섣달에 이렇게 예쁜 꽃이 피어나다니
나오리 녹차꽃의 매력에 그저 무아지경에 빠졌다
차가운 바닷바람을 이기고 피어나서일까?
꽃병에 새겨진 나비형상이 어우러져서일까?
누군가의 체험 작품이라는데 매력 만점이네

# 눈 내리는 아침

눈이 내리네 하염없이 바라보았네
오두막이지만 가장 살기 좋은 곳
사계절 거실 창밖 그림이 바뀌는 곳
이 집에 정착하고 이십 년이 넘었구나

아침이면 각종 새 노랫소리에 눈뜨고
조용히 아무런 방해도 받지 않는
서울 변두리 시골스러운 천당
눈 내리는 아침은 기분이 상큼하지

# 미단시티 예단포구에서


맑은 여름날 얼마만의 외출인가
삼월에 수안보 여행 후 대상포진에 걸린 남편
백여 일 투병하고 가족이 바람 쐬러 나왔다

영종대교의 위용을 뚫고 날듯이 찾아온 곳
영종도 미단시티 예단포구 즐비한 횟집들
전망 좋은 횟집 예약 된 청해호에 들다

잘 차려진 창가에 앉아 바라보니
가득한 바닷물에 떠 있는 작은 섬
갈매기 끼룩대는 그 건너는 강화도라네

도다리회에 전복 해삼 멍게 개불 가리비 우럭탕
생선구이와 날치알 쌈을 내놓으며 삽질을 많이 하란다
동생네와 자식들에게 생일 축하받은 즐거운 시간

코로나19가 물러가면 공항철도를 이용해
가까운 친구들과 좋은 나들이 하고 싶은 욕망이 솟는다
몸은 늙어도 마음은 늘 청춘 신로불심로(身老不心老)가 문
제로다

# 손 편지

새로 인연을 맺은 친구로부터
멋진 손 편지를 받았네
소녀시절 연애편지처럼
가슴이 울렁거렸지

하얀 봉투의 필체가 멋스럽네
밀어를 속삭이는 남녀처럼
가슴은 두근대는데
봉투 속 알맹이가 궁금했지

사유의 세계가 서로 같나 봐!
나는 그대의 꽃 그대는 나의 꽃
달맞이꽃처럼 그리움 품은 유월에
맑고 환한 마음 행복이었네요

# 아들딸을 낳고

아들과 딸을 낳았으니
나는 일단 인간의 자격을
확보한 여자 아닐까
세상에 나온 의무이자 보람으로
사후에라도 길이길이 좋은 씨앗을
전해줄 수 있으니 다행이다

흔히 하는 말 가운데
딸을 낳으면 비행기 탄다
아들보다 딸이 좋다는 말에 나는
아들과 딸 모두 있어야 한다고 하지
아들은 생활을 책임져 주고
딸은 속말을 나누며 힘든 일을 해주니 좋다

# 아량

우리 집 문촌 선생 81회 생일날
아들딸이 챙겨주는 생일상은
프랑스요리와 일식요리로 지난주에 미리 받았고
오늘은 미역국과 잡채를 곁들인 햅쌀밥 한 그릇에
오래전에 먹던 왱이모주 한 잔씩 축하주로
서로 눈길 부딪치며 진짜배기 생일을 축하했다

이리 반세기를 함께하니 얼마나 다행인가
점심에는 쇠고기와 계란 지단 고명 올린
옛날 국수 온면을 먹고 싶단다
재주 없는 솜씨 정성을 다하여 올리니 맛나게 드셨다
먼 거리까지 가서 인문학 특강을 듣고 귀가하니 밤중이다
혼자 저녁 식사를 해결하고도 환한 얼굴

배려해 주는 마음 감사합니다

# 어버이날의 만찬

가족이라야 모두 세 식구인데
일 년에 몇 번이나 함께 식사를 하나

늘 바쁘다는 아들이
오늘은 어버이날이라고 큰 선심을 쓴다

동네 중화요리로 이름난 〈실크로드〉에서
화기애애하게 대화를 이끌며 만찬을 베풀어주었다

인생의 왕성한 푸른 나무를 바라보면서
우리도 저렇게 푸른 날이 있었는데……

내일 점심은 또 다른 푸른 나무들
딸네 가족과의 분위기를 점쳐본다

# 환희(歡喜)

반짝반짝 빛나는 『금혼식』이라면서
팔도에 소정 제5 시집을 자랑했더니
여기저기서 보내오는 소식에
일일이 답을 주느라 바쁘네
캘리로 그린 아름다운 편지와
91세 노인이 정성 들여 쓴 자필 회신은
가슴에 풍선을 가득 안은 기분이다

# 초대

초대 받는다는 것은 참으로 기쁜 일
그것도 코로나 거리 두기 시대
구름산으로의 저녁 식사 초대
언제 만나도 반가운 후배들 셋이 반겼다

푸짐한 상추쌈 숯불고기에 우렁된장의 미각을 취하고
서양화가 전시되고 있는 고즈넉한 갤러리에서
달콤한 대추차를 마시며 후배 시인이 세모에 열 계획이
라는
사진 전시회에 구마루무지개도 참여해달라는 부탁을 받
았다

사진작가이기도 한 그의 환희에 찬 모습이 보기 좋다
함께 낭송 공부하던 지난날이 있어 모두
이제 어디를 가나 자신감 있게 활동한다고 감사하단다
세월 흘러 청출어람 된 그들이 대견타

# 행복을 짓는 부부

저녁 식사 시간에 텔레비전에서는
강원도 산골로 들어가 직접 흙집을 짓고
행복하게 사는 부부가 대화하는 모습이 방영되었다
자신들이 잘살고 있는지 의문이 들었다고 한다

그 말을 듣자마자 가장을 바라보며
우리도 잘살고 있나요?
그럼, 우리도 잘살고 있지
안심이다. 나도 잘살고 있다고 생각해요

이제 늙어도 많이 늙었나 보다
젊어서는 별것도 아닌 것을
서로 티격태격 자신의 의견을 앞세우더니
이제 서로 배려하면서 편안하게 웃으며 산다

# 사진 전시회와 송년 낭송회

오랫동안 시 낭송 공부를 함께 한 김 시인
틈틈이 사진도 열심히 찍더니 오늘부터 일주일간
구름산 아래 갤러리 아우름에서 사진 전시회를 열고 있다

코로나 시대에 위험신호가 가중되어
행사에 초대도 어렵고 참석하기도 힘든 시기
우리 마음 모두 모아 김 시인을 위한
어렵게 연 구마루무지개 송년 낭송회

코로나 역병 시대 뉴노멀 시대에
아름답고 빛나는 조촐한 사진전시회
원근 각지에서 그동안 함구하고 있다가
모여든 낭송애호가 구마루무지개 회원들

마스크 쓰고 낭송했지만 모두 자랑스러웠다
건강하게 아름답게 즐겁게 살아가는
아름다운 우리들 구마루무지개
김 시인이 읊은 미라보 다리처럼 영원히 빛나라

2부

애국심과 관습

# 태극기와 애국심

오늘은 2021년 3월 1일
태극기 다는 날
새벽부터 내리는 비 그칠 줄 몰라
비 맞을까 베란다 안쪽에 게양했구먼

새 깃발, 새 양복으로 맞춰 입은 기분인데
동네 사람에게 자랑도 못 하네
우리 집 앞을 오가는 사람들
7층 우리 창을 바라봐다오!

몇 십 년 된 태극기가 하도 남루해서
어제저녁 인근 문방구와 마트
여기저기 헤매다 보물마트에서
문 닫을 시간에야 새 태극기를 구입했네

가난하던 시절 애국심 강하던 국민들 모두
그 마음 어디에다 바쳤나
옛날에는 국경일이 다가오기 전부터
태극기 팔러 다니는 깃발이 많이 보였지

국경일 앞두고 관공서에서는 거리마다 집집마다
태극기 게양하는 계몽도 많이 했는데
어쩌다 우리 국민 모두 위에서 아래까지
태극기를 홀대하는 버릇 생겼는가

아! 슬프다 나라의 상징 우리의 깃발
광화문 광장에 모여드는 사람들
태극기 작곡가, 태극기 합창곡 지휘자
모두 오늘 아침 내 기분처럼 우울하겠지

# 나라 사랑 태극기

태극기를 바라보면 가슴이 저절로 경건해진다
소중하고 자랑스러운 우리나라 상징 태극기
오래 써서 남루한 태극기 3·1절 전날 새로 사느라
문방구마다 마트마다 태극기 파는 곳이 없어
이곳저곳 발품을 많이 팔아 교체한 태극기
광복절 아침 일어나자마자 태극기를 내걸었지
우리 아파트 오늘은 몇 집이나 게양했을까?

20년째 사는 이곳 아파트 처음 이사 올 때만 해도
국경일이면 태극기가 절반 정도는 창가에서 펄럭였는데
지난 제헌절에는 209세대 중에 다섯 집만 태극기가 내걸리다니
다른 동네도 마찬가지. 내 가슴이 아팠다
옛날에는 문방구마다 팔았고 국경일이 임박하면
이 골목 저 골목 태극기 펄럭이는 행상인도 보였었지
이젠 태극기 사랑 식어서 파는 곳도 행상인도 보이지 않아!

왜 그럴까? 우리나라 전체 국민들 마음이 이상해졌다
예로부터 충효라 했는데 나라 사랑하는 사람이 효도도 하지

자식 잘 기르고 싶으면 애국심을 길러야지
우선 국경일이면 우리나라 상징인 태극기를 사랑하고 내걸자
어린이는 본대로 배운 대로 윗물이 맑아야 아랫물이 맑다고 했지
우선 선물 받은 태극기를 관리실에 국경일마다 게양하게 하고
태극기선양문학회 회장에게 태극기 10본 주문해서 나눠주었지

오늘 광복절엔 모두 15세대의 태극기가 게양되었다
개천절 십여 일 전에 10본을 또 주문해서 돌려야지
국경일마다 내가 일십만 원씩만 쓰면 머지않아
아름다운 태극기 물결로 춤추는 태극기 사랑이 꽃필 거야
우리 아파트 이웃 빌라단지도 따라서 태극기를 달 거야
아니 개봉1동 전체 그리고 구로구가 태극기 사랑 제일이 될 거야!
만나는 사람마다 국경일에 태극기 내겁시다 인사도 하지요


(2021. 8. 15.)

# 국경일 유감

개천절 이른 아침 벌써 경비실에는 태극기가 게양되어 있다
경비원의 노고를 다시 생각한다. 참 고맙다
내가 제공한 태극기도 30본은 되니까 많이 기대된다
정오가 지났어도 휘날리는 태극기가 보이지 않는다
오후 2시 30분이 지나고 나가서 살펴보았다
우리 아파트 단지 내에 게양된 태극기
101동 2세대 102동 7세대 경비실 1 모두 10본
실망이다. 광복절에 15본이 게양되었었는데
내가 제공한 태극기도 30본이나 되는데
왜 간직하기만 할까? 그래도 실망하지 말자

'태극기를 게양합시다'
관리실에서 하루 전날 아침저녁 두 차례와
당일에 한 차례만 방송해 주면 효과가 좋을 텐데
'국경일에 태극기를 게양하자'라는 것이 방송 불가라니
자치회 임원들의 마음을 어떻게 돌리나?
효성스러운 자식 두고 성공적인 인생으로 살려면
우선 가장 쉬운 애국심을 보여주면 좋겠다

나라에 충성하고 부모에게 효도하는 자식
우리 공통의 바람이 아닌가?
부모는 자식의 거울, 윗물이 맑아야 아랫물도 맑지!

(2021. 10. 3.)

# 제헌절

새날이 밝았습니다
오늘은 제헌절
여름 하늘이 참 청명합니다
제일 중요한 기념일인 줄 하늘도 아시나 봅니다
소중한 태극기를 내걸었습니다
바람에 자랑스럽게 펄럭입니다

월미도 태극기 시화전 끝나고 받은
기념태극기가 있어 하나는 경비실 앞에 걸었습니다
깜박 잊고 태극기 걸지 않은 집은
어서어서 자기 집 창밖에 태극기를 내겁시다
태극기가 애국심을 길러줍니다
국경일에는 태극기가 꼭 춤을 추게 합시다

# 후박나무꽃과 5월의 신랑

어제는 토요일이고 스승의 날이었지
며느리 맞이하는 사촌동생네 결혼식에 참석하느라
고운 한복차림으로 비를 뚫고 다녀왔는데
오늘까지 이어서 내리는 빗속에서도
후박나무는 푸른 숲 이루고 하얗게 웃고 있네

멋진 조종사 신랑 아름다운 신부 맞이하여
사촌동생 부부는 기쁨 감출 길 없어 함빡 웃었네
어머니 닮은 꽃 넉넉하게 웃음 짓던 후박나무꽃
내일이 숙모님의 49재라서 그런지 처연하게 웃네
종일 비 내리는 창밖 후박나무숲만 바라보았지

# 기본은 지키며 살자

모든 현상의 바탕이 되는 기본이란 무엇인가
나는 기본 인생은 살고 있는가
나의 바탕은 다행히 기본 성향이
정신적으로 좋은 어머니에게서 태어나
평생 그분을 본보기로 살아왔다
해서 인간의 기본 생활과 상식에 어긋난
행동은 제어하면서 성장할 수 있었다

인성을 학교에서 점수 매기듯 한다면
나의 기본은 미에서 출발 할 수가 있었다
어머니가 비록 무학력 가난한 농부였어도
매사 정신적 길잡이 역할을 해주신 것이었다
어머니 돌아가신 후 이제 와서 생각해 보니
내가 잘나서 내가 모두 잘해서
지금의 행복을 누리는 것이 아니었다

그러하니 인간은 태어나면서부터
자신뿐 아니라 자신의 자녀에게는
무한 책임이 따르는 것이고
이웃 모두에게도 무관할 수 없는 것이다
그러므로 늘 '기본에 충실하자'는 마음이어야지
나로 인해 주위가 행복할 수도 있고
불행할 수도 있으니 적어도 기본은 지키며 살자

# 꿈

2021년 12월 10일 새벽 비몽사몽간에
옛날 나의 멘토 되시는 분이
빈 촛대 둘을 가지고 오셔서
현관 좌우에 놓고 싱긋 미소 지으셨다

아! 대학입학 예비고사 성적 발표 날이랬지
외손자와 외손녀 때문일까?
그들 마음에 부담될까 직접 전화도 못 해보고
늙은 할배 할미 공연스레 안절부절

두뇌는 저의 아범 닮았으면 좋으련만
푸근한 어미를 닮은 모양인가
종일 기다려도 시원한 소식이 없다
그분이 양손에 촛불 들고 오늘 밤에도 오셨으면

# 약혼식 옛이야기

오늘은 우리 부부 51주년 약혼 기념일이다
1970년 11월 10일 첫눈 내리던 날
약혼식장은 삼촌의 4층 신축 건물의 넓은 홀
첫 번째로 사용하면서 미지의 세계를 앞두고
가슴이 몹시 쿵쾅거리던 날의 추억이 그립네

어느 미인 배우를 닮았다는 소릴 듣던
그 시절은 한 송이 어여쁜 꽃이었었지

약혼식을 마치고 송도유원지를 거닐었는데
갑자기 첫눈 싸라기눈 눈보라 치는 바람에
부끄럽게 팔짱을 낀 나에게 신랑의 한마디
바람이 시새울 정도로 서로 사랑하려나?
왜 이리 바람이 심하게 분담!

약혼식을 마치고 결혼식은 12월 26일
뚱뚱한 돼지와 어여쁜 아가씨의 결혼식이라고
많은 친구의 질시 어린 축복을 받았네
이젠 어른들 모두 세상 떠나신 자리에서
그 시절 부모님처럼 자식들을 바라보고 있네

# 집 생일

우리 삶의 목표는 행복이지
행복하기 위해서 집을 장만하지
오늘은 집 생일. 2002년 이사한 날
젊은 날에는 방 한 칸 셋집에서 시작하여
작은 집을 사고 또 더 큰 집 좋은 집을 찾아
수도 없이 이사하다가 더도 덜도 아니게
분수에 맞게 정착한 그 날을 생일로 정했다
떡 해 먹는 날로 심신을 가다듬고 기린다

언제나 열한 시 넘은 오시(午時)에
양쪽 귀에 통 북어 끼운 붉은 팥고물 떡시루 앞에
수박 참외 토마토 쌀 물 막걸리 돼지고기 편육
그리고 촛불과 향불을 밝히고
터줏대감에게 올해도 경건하게 감사를 드렸다
떡과 다섯 겹 돈육을 썰고 잘 익은 배추김치에
막걸리를 나누어 마시며 오붓한 시간
우리 부부 행복하게 담소를 나누었네

앞집 윗집 그리고 평소에 존경하는 전직 교장댁
밤낮으로 아파트 관리를 담당하신 경비원에게
딸같이 살가운 상가주인집에 따뜻할 때 떡 한 접시씩
어릴 적 늦가을 가을 떡 해 먹고 이웃에게 돌리듯 돌렸네
그러고 나니 가깝게 사는 후배들 생각이 났지
얼른 전화해서 중간지점인 개봉역에서 전해주었네
떡 상자 하나, 바쁜 후배 기다리다 지쳐 냉장고에서 잠
을 자네
내일은 그녀에게 다가갈 수 있을까 몰라!

(2021. 7. 9.)

# 코로나 시대의 제삿날

어제는 시어머님의 제삿날이었다
코로나 거리두기 4단계 정부시책과
맏동서의 우환으로 올해는 안 지내기로 했지만
어쩐지 어머님 아버님 혼령이 기쁜 마음으로
포만감을 기대하고 오셨다가 그냥 가시면 안 되지 싶었다
평상시 지내던 저녁 아홉 시가 임박한 시각에
제사 모실 종손며느리에게 다급하게 전화를 했네
다행히 선선히 나의 의견을 들어주었다
아무래도 강 건너 산 넘어 일 년에 한 번 찾아오시는
조상님 혼령을 굶겨서 보낼 수야 없지 않은가
산 사람도 전염병이 창궐할 때 더 잘 먹어야 하는 것처럼
저세상에 가신 혼령들도 그 세상에서 잘사시려면
건강이 우선일 것이야. 모처럼 지혜를 빌려준 것 같다
집에 있는 대로 과일과 포도주와 냉수라도 대접해드렸겠지
두 손자와 아들이 넙죽 절하는 모습이 눈에 어린다
며늘아! 고맙다


(2021. 7. 25.)

# 콩나물비빔밥과 결혼기념일

오늘은 크리스마스 이튿날 우리 결혼 51주년 기념일
요즈음의 소소한 행복을 오래 누리고 싶은 욕심에
콩나물밥 아침상에 오래된 오디주로 건배를 하다가
맏동서의 생신이 마침 오늘이어서 정중히 전화했네
생신 축하의 말씀을 전하면서 점심을 대접하고 싶다 했더니
돌아온 대답은 '날씨가 추우니 다음에 하자'
아들 내외와 두 손자를 맞이하려는 속내를 설핏 읽었지

그래, 우리 부부 섭섭한 마음은 접어두자
그만큼 하는 놈들 대견하게 생각하자, 다행이지 뭐!
지난해에는 꽃다발까지 안겨드리며 점심 대접을 했는데
공연스레 심술이 난 내 속내란 나도 알 수가 없네
풀리지 않는 내 심사 애꿎은 남편만 들볶았지
아침 일찍 용돈 모아 현금 봉투 건네준 것도 잊어버리고
손아래 동서가 윗동서한테 나만큼 하는 사람 있으면 나와 봐!

# 개금불사 점안식

이 지역에서 가장 오래되고 신도 수가 많다는 와룡산 원각사
그린벨트지역인 관계로 중·개축이 불가하다더니
그대로 리모델링하여 개금불사(改金佛事)를 마치고
점안식을 한다는 소식에 시간 맞추어 원각사를 찾았다

큰스님이 오랫동안 와병 중이시더니 물러가시고
새로 큰스님을 모셔서 처음 인사하는 자리이기도 하다
법당에는 보기 드문 불사를 보려고 코로나 거리 두기임에도
이미 가득 차서 창 너머로 까치발로 바라보는 눈들이 많았다

새로 잘 단장된 법당. 하얀 창호지 덮개로 가려진 불상 아래
번쩍번쩍 빛나는 금란가사를 입은 새로 오신 주지 스님과
행사 집전을 하시는 스님들이 북 징 요령 목탁 나팔 피리를
앞에 두고 앉아서 염불장단에 장엄한 불교의식을 거행하였다

보살이 머리에 고깔을 쓰고 하얀 원삼을 입고 스님들이 울리는
불교음악 범패에 따라 휘휘 감기는 옷자락을 끌며 살풀이
춤 도량게
나비춤을 추다가 화려한 원삼을 입고 바라춤을 추는데 불상

에 가려진
창호지 덮개를 벗겨내니 황금빛 광채로 눈부신 불상 넷이
나타났다

석가모니 부처님이 가운데에 우측은 관세음보살
좌측은 대세지보살 그 옆 한편에는 지장보살님이시다
화려한 의상으로 갈아입은 보살이 연꽃과 청수
그리고 공양그릇을 올리며 꽃춤 극락무를 추었다
신도들은 사회자 스님의 안내대로 다라니경을 외며 불공
을 드렸다

불교의식을 집전하신 분은 대구 무파사에서 오신 일관스님
이시고
무파사 신도회장 감로수 보살과는 뜻밖의 새로운 인연을 맺
었다
새로 오신 원각사 주지 금당 스님은 나주 불림사에서 오셨
다고 한다
이번 원각사의 장엄한 개금불사로 코로나 시대가 곧 종식
되면 좋겠다

(2021. 9. 8.)

# 예술의 고향 경주

남녀칠세부동석 관념이 시퍼렇던 시절
여학교 졸업 수학여행지는 경주였으나
그 시대 구식 집안의 맏딸인지라
눈물을 머금고 따라가지 못한 한 서린 꿈
세월이 한참 흐른 후 마침내 불혹이 지나서야
꿈에 그리던 서라벌 경주 땅을 밟아 보았지

처용가비(處容歌碑)는 동지팥죽이 생각나게 했고
거대한 왕릉군과 경주 박물관 신라금관 등 찬란한 역사
흔적들
박혁거세가 태어났다는 전설의 우물터 나정(蘿井)
토함산의 석굴암, 불국사 연화교와 칠보교 청운교 백운
교 다보탑
남산 용장사지 마애여래좌상과 삼층석탑에 감동하고
머무는 곳마다 천 년 전 역사의 숨결을 느꼈지

찬란한 불교예술을 꽃피운 통일 서라벌의 고향 경주시
다시 목월의 나그네처럼 시를 읊으며 거닐어 보고 싶네

3부

취미와 추억

# 가지에 대한 추억

진한 보랏빛 옷을 입고 있는 가지
미끈하게 잘생긴 것 열 개가 이천 원
거저 가져가는 느낌이다
새로 개장한 인천 남촌농산물도매시장
넓은 대지에 자리 잡은 현대적인 물류센터
딸의 안내로 참 좋은 구경했다

어릴 적 할아버지가 좋아하시던 가지나물
벌써 그 시절 할아버지만큼 늙은 가장에게
오늘 아침 반찬은 가지를 알맞게 삶아서
깨소금 참기름 갖은양념 듬뿍 넣어 무쳤다
평소에 좋아하지 않더니 웬일이요?
접시를 비우며 '오늘 가지나물은 맛있네!'

여고 시절 함께 짝 지어 다니던 친구네 텃밭에는
먹음직한 가지가 주렁주렁 참 많이도 열렸었는데
친구는 한 번도 내게 가지를 따 주지 않았다
우리 할아버지가 무척 좋아하시는데 친구가 야속했다
지금 생각하니 그 친구가 내 마음을 어이 알았으랴!
'얘, 우리 할아버지 가지나물 해드리게 저것 좀 따줘!'

왜 그 말을 못 했을까?

# 다림질하면서

어릴 때 옷 손질을 잘못하면
어머니께서 한숨을 크게 쉬시면서 혀를 차셨지
저년 시집가서 누구 속을 썩여줄는지 쯧쯧!
흥. 세탁소에 맡기면 되지요!

학생 때와 처녀 시절에는 매일 다림질을 해서 입었다
그간 많은 세월이 흘러 여러 가지 섬유 소재 발견과 더불어
과학적으로 산업화하여 웬만한 옷은 세탁해서
그냥 입을 수 있고 다림질이 필요한 것은 세탁소를 이용한다

절대로 자신의 옷은 더 사 오지 말라 했는데
모처럼 백화점에서 남편 여름 남방셔츠를 사 왔다
포장지를 걷어내고 펼쳐보니 접힌 자국이 그대로 드러났다
그래서 꽤 오랜만에 다림질하려고 다리미를 꺼냈다

다림질하기가 싫었지만 옛날 생각을 안 할 수가 없다
노처녀 시절 하루는 숙부께서 나가서 선을 보라 하셨다
한여름인데 맞선 보는 자리에 나가보니 제일 먼저
남방셔츠 굵은 주름이 눈에 확 들어오는 것이 아닌가

새로 사온 옷을 다림질 안 하고 그냥 입고 나온 것이다
지금 뒤돌아 생각해 보면 별 흠도 아닌데 두 번 볼 것도
없었다
'선보러 나오는 사람이 이럴 수가!'
일 년에 몇 번 안 하지만 다림질할 때마다 떠오르는 장
면이다

# 서울에서 이 서방 찾기

삼십여 년 전부터 알고 지내는 지기를
십여 년 전부터 그 소식을 알 길이 없어
몇 번 그 집을 찾아갔던 기억으로
하루는 큰마음 먹고 찾기로 작정하고 길을 나섰다

택시를 불러 타고 한 시간가량 그 집 언저리를
골목골목 뱅글뱅글 돌다가 마침내 찾아냈네
십 년이면 강산도 변한다더니 널찍하던 거리
빈터에 우뚝 솟은 건물 탓인지 참 힘들었네

덕분에 택시비를 톡톡히 치른 보람이 있구나
짜증 내지 않고 친절했던 택시기사 고맙습니다
태산이며 여산 중국 명승지를 함께 여행하면서
의기투합하여 시서화에 관심을 나누던 도반을 찾았네

이백의 「망여산폭포(望廬山瀑布)」를 읊조려 보았다

日照香爐生紫煙 (일조향로생자연)

遙看瀑布掛長川 (요간폭포괘장천)

飛流直下三千尺 (비류직하삼천척)

疑是銀河落九天 (의시은하락구천)


향로봉에 햇빛 비쳐 안개 피어나고

멀리 보이는 폭포는 긴 강을 매단 듯하네

물줄기 내리쏟아 길이 삼천 자

하늘에서 은하수 쏟아지는 듯하네

# 강남부자

고향에서 회정스님이 상경한다는 소식이 왔다
퇴역 원사 초등학교 동창 부인의 49재에 참석차
서울과 고향의 몇몇 벗들과의 기대되는 만남

동창이지만 존경하는 스님이 오신다니
충무로 충정사에 시간 맞추어 도착했다
고인의 가족과 인사 후 극락왕생을 빌었다

새로 구입한 듯한 멋진 벤츠에 다섯이 올라타고
부자 친구의 안내로 청담동 일식집의 거리 두기
두 사람 세 사람 코로나19 좌석에서 식사만 조용히 했네

서울시가지 사방이 훤히 내려다보이는 45층 빌딩의
대궐같이 넓은 20층 아파트에 안주인 대신 고명딸
좋은 환경임에도 융숭한 차 대접하는 모습이 안쓰럽다

젊은 날 청계천에서부터 남보다도 많이 고생한 결실로
강남부자 된 벗 백년해로를 놓친 것이 못내 안타깝다
멀리 남산과 유유히 흐르는 한강의 물줄기가 위로하겠지

# 세월 참 빠르네

봄빛 찬란한 날 청첩장을 받아드니
삼십여 년 전 우리 회사 사내 커플
남편의 주례로 만인의 부러운 시선을 받던
신랑신부 탄생하던 날 엊그제 같아라

예쁜 딸 낳아 길러 신부의 부모로
하객을 맞이하고 있는 중년부부를 보니
옛날 회사를 경영하던 추억이 어른거리네
누구나 선망하던 청춘남녀였었지

코로나19 거리 두기 정부 시책에 따라 참석
결혼식 축하하는 마음은 다시 없이 뭉클
전문대학 교수 되고 화장품 사업도 성공이라니
우리가 그들의 텃밭이었던 과거가 자랑스럽네

청신한 미남미녀, 같은 듯 다른 멋진 신랑신부
1990년과 2021년의 아주 다른 결혼풍속도 보세
마스크로 얼굴 가린 하객들 못 올 데라도 온 듯
축의금 내고 선물만 받아들고 서둘러 사라지는군!

# 소래포구 봄나들이

써늘하지만 맑은 봄빛의 유혹에
소원하던 얼굴들 다섯이 모여
소래포구 재래어시장 횟집을 찾아갔다

구질구질하던 주변 환경은 아주 말끔하게
새 건물 새 단장된 수많은 횟집
몇 년 전의 화재가 전화위복 되었구나
살아서 펄펄 뛰는 횟감들이 즐비한
어시장 긴 터널 속에서 51호 단골집을 찾았다

예약한 대로 2층 식당으로 안내되어 좌정
3명은 여기, 2명은 뚝 떨어져서 저기
코로나19 여파가 너무 심하다
도미와 광어 횟감도 좋았지만 매운탕 맛이 일미였다

오랜 시간 맛있게 점심을 마친 후 나와 보니
밀물로 만조가 되어 수많은 갈매기가 하늘을 덮고
포구 산책로는 모두 입마개 쓴 사람들로 북적북적
우리도 그 틈에 끼어 여기저기 명소에서 기념사진을 찍었다

(2021. 2. 24.)

# 여름 군자란

군자란이 지난해는 봄가을 두 차례나 꽃을 피우고
올봄에는 꽃구경을 안 시켜주더이다
가을에 철도 모르고 꽃을 피우느냐 바람났느냐고
질책을 해댔는데 번식을 위해서 그랬나 봐요
반가워라! 엊그제부터 고운 꽃을 피우네요

군자란은 이른 봄에만 꽃을 피우는 줄 알았는데
식물 세계도 21세기에 맞게 변화할 줄 아는 모양입니다
한 송이 꽃봉오리를 피우기 위해 얼마나 애를 썼겠어요
새끼 셋을 싹 틔워 거느리면서 꽃을 피우느라 늦었나 봐요
고마워서 예뻐해 주느라 거실로 옮겨 놓고 자꾸만 쳐다봅니다

꽃대를 뾰족이 밀어 올리더니 하루가 다르게
쑥쑥 올라와 이제는 몇 송이 꽃을 활짝 피웠어요
지난해 봄에는 스무 송이. 가을에는 열다섯 송이 꽃을 피
우더니
올해는 꽃봉오리가 모두 열한 개네요
고목처럼 그 자리를 지키느라 참 애쓰는 걸 보니 짠합니다

# 찔레꽃

내 고향 부모님 계신 선영 가는 길 들녘에도
지금쯤 찔레꽃이 하얗게 피었겠지요?
나보다 다섯 살이나 아래인 소리꾼의 두루마기에서
어릴 제 서른아홉 젊은 나이로 세상 떠난
아비의 영상이 얼비치는 것은 무슨 조화인가

하얀 두루마기자락을 휘날리며 내지르던 소리꾼
이십여 년 전에 처음 들었던 그 아련한 노랫소리
공초문학상 시상식장에서 〈아버지〉를 불러대던 노래
그 소리 찔레꽃 향수로 아직도 귓가에 남아
찔레꽃 하얗게 핀 선영 가는 길 그 산비탈 눈에 어리네

# 여왕벌

코로나19가 좋은 인연 왕래 못 하게
차단해 놓은 지 일 년을 넘어섰다
추석과 설날 같은 명절도
직계 가족도 5인 이하 거리 두기
정부 시책이라고 엄포 쾅쾅 내지르니
참! 스트레스 견딜 수 없는 국민 대다수다

견디다 못해서 정월 초사흘에 참지 못하고
모여라! 나팔을 불어댔다
단박에 점심시간에 지정장소에 넷이 집합
그중 하나 왈 우리는 선생이 부르면
여기저기 꿀 발라 놓은 줄 알고
모두 뛰어온다니 별안간 여왕벌이 된 기분

일벌 대장이 안내하는 대로
구름산 신(辛) 쭈꾸미 집을 찾아갔네
도토리 빈대떡과 매운 쭈꾸미 볶음밥으로
배를 불리고 커피와 한과를 들면서
장독 즐비한 뒷마당에서 여왕벌의 즉석 강의 후
일벌들 날개 펼친 시낭송은 그동안의 울분을 끝내주었지

# 연탄 연주(連彈 演奏)

예술의 경이로움에 가슴 떨리는 전율을 느낀다
소리예술 음악이라는 것에 익숙해 있는 듯하면서도
나와는 상관없는 하늘과 땅 만큼이나 먼 줄 알았다
배움이란 것은 끝이 없어 이제 막바지 노년에 들어
늙음이 죄는 아니지만 상당한 용기가 필요했다
이왕에 세상에 태어났으니 알고 싶은 것 누리고 싶은 것
모두 알아나 보려다 우연히 클래식 음악에 젖어 보았다
자장가 정도만 알았던 슈베르트의 희로애락의 세계

한두 시간에 무엇을 알랴마는 참 멋진 저녁 시간을 만끽했다
스승과 제자가 하나의 피아노 건반에서 네 손을 이용하여
어떻게 혼연일체로 아름다운 음악을 연주해 낼 수 있는지
마치 두 사람이 아니라 한 사람의 연주인 양 신비로웠다
이 넓은 세상에서 알고 싶은 것 하고 싶은 것
얼마든지 찾아서 누릴 수 있음에 감사한다
자신이 선택한 길이 행복과 불행을 안내한다
옳은 일 좋은 일이라면 용기 내어 나설 일이다

# 오랍란

한국현대시 작품상 수상했다는 소식에
제일 먼저 메시지와 함께 보내온 축란(祝蘭)
그 오랍란 일 년도 아직 안 되었는데
며칠 전에 쑥 꽃대를 밀어 올리더니
예쁜 꽃송이 오늘 다시 활짝 벙글었어요

어릴 적부터 각별한 사랑 베풀어 준
정 많은 오라버니 참 고맙습니다
언제까지나 오라버니 얼굴 바라보듯이
이 화분 잘 간직하고 기르면서
시공을 초월한 사랑 오래오래 기억하겠어요

# 유명산 숲 체험

유명이라는 이름을 가진 사람이
처음 발견해서 유명산이 되었다는 산
5월의 신록을 마음껏 자랑하는구나

산림치유 힐링숲 프로그램에 참여하여
숲 해설사의 설명에 귀를 쫑긋 세우고
우리의 자연을 어린아이처럼 공부하는 시간

매발톱은 바람둥이 꽃이고
애기똥물 같은 애기똥풀 줄기진액은
벌레 물린 데 가려운 곳에 바르는 약이라네

수수꽃다리 라일락 잎이 무척 쓰다는데
라일락의 꽃말이 첫사랑의 추억이라 그런가?
미스킴 라일락이 있다는 것도 처음 알았지

다람쥐는 겨울잠을 자고 청서(靑鼠)는 겨울잠을 안 자는데
청설모는 원래 청서(靑鼠)의 털을 의미하는 말로
청설모의 털은 붓을 만드는 데 쓰이기도 한다네

별꽃 꽃마리 봄맞이꽃 뽀리뱅이꽃 냉이꽃은
아주 작은 조그만 꽃들, 자세히 보니 예쁘더라
풀꽃 시인의 말처럼

# 윤동주 추모 문학기행

새 아침 새날인가 했는데 어느새 마지막 날이네
2년간 코로나 팬데믹 때문에 온 국민이 기를 못 펴고
쥐죽은 듯 살았는데 영하의 날씨도 아랑곳하지 않고
어제는 마침 윤동주 시인 104살 생신이라서
열댓 명이 마음을 모아 그분의 발자취를 더듬었네

잠시 머물던 하숙집을 찾아가 보기도 하고
그분이 즐겨 오르내리던 인왕산 자락을 타고 올라가
멀리 남산타워와 빌딩 사이의 고궁을 바라보았네
그 서울 시내를 발아래에 두고
생일케이크에 촛불을 올리고 생일 송을 불렀지

민족의 혼을 노래하다 억울하게 요절한 아까운 시인
시의 언덕 산수유는 산화된 그분의 혼불인 듯
핏빛 열매로 붉디붉은 춤을 추고 있었네
윤동주 시인의 언덕과 윤동주 문학관이 있는 산자락은
여기저기 보이는 곳마다 온통 그 넋의 터전이었네

# 인문학

올해도 오늘로써 딱 절반 살았다
내 인생 백 년을 산다 해도
사 분의 일도 안 남았다
하루하루가 얼마나 귀한 시간인가
금쪽같은 시간 최대한 가성비를 높이자

높은 데서 멀리 또 넓게 보기 위해서
새로운 얼굴 만나고 그들의 인생을 엿보자
마지막 투기인가 투자인가 용단이 필요했다
꿈꾸는 자 꿈은 이루어진단다
그래 잘했어! 너는 행복한 여자야!


(2021. 6. 30.)

# 인문학 입학식


내 생애 입학식이란 형식의
행사모임은 아마도 마지막일 것이다.
나름 35명의 내로라하는 인사들
최연소자는 27세 여성 펀드매니저
여성이 10명이고 부부가 세 쌍
최연장자는 의외로 소정이라네
젊은이들의 언사를 알아들을 수나 있을까?
잘 살다가 잘 죽는 방법 알아내겠다고 나섰다
품격 있는 연사들을 기다리며 기대가 크다

# 작품 제출 마감 전날

내일은 7월에 〈예술의 전당 서예박물관〉에서 열릴
서예대전에 낼 작품 마감일이다
그동안 가장의 와병에 오랫동안 수발드느라
준비를 제대로 못 하여 마음만 급하다
다행히 그동안 의료비를 아끼지 않고
정성을 다한 보람이 있어 환자가 이제는
휠체어는 팽개치고 지팡이의 도움은 받지만
혼자 택시를 타고 병원에는 다닐 수가 있다

그래서 가장을 쫓아낼 궁리를 하다가
이렇게 제안을 해 보았다
오늘은 시험 삼아 뒷산 약수터에도 가보고
사거리 일식집에 가서 맛난 점심도 드시고 오세요
신사임당 지폐 한 장을 주머니에 넣어 주었다
잘 나지도 못한 것이 잘난 체를 하자니
얼마나 똥구멍이 아프겠어!
에이! 하면서 지팡이 짚고 절뚝이며 나가신다

# 전시회 작품

서화 공부를 시작하고 세월이 쌓이니
소속 협회의 초대작가가 되고 또
올해는 공모전 심사위원으로 참가하게 되었다

〈예술가의 집〉 강당에 전국에서 모여든 작품들
얼마나 많은 시간과 심혈을 기울여
내놓은 귀중한 작품들인가

이렇게 많은 작품을 관람할 기회가
주어진 것만도 자신이 자랑스러우면서도
일천한 내 작품을 생각하니 부끄럽기 짝이 없다

코로나19 전 국민 예방주사 덕분으로
7월 말일부터 시작할 〈예술의 전당 전시회〉가
예정대로 잘 진행되기를 기대한다

4부

선물

# 고비 선물

귀한 고비나물이 도착했다
와병 중인 우리 집 가장 문촌 선생이
고비나물이 먹고 싶다고 해서
철원 비무장지대 인접한 동네 대마리
시집 조카님에게 전화했었지
그때가 두 달 전이었는데
거기도 귀해서 시장에도 안 나온다더니
위험지역까지 가서 채취해 온 모양이네

고향 철원 땅에 묻히신 조상을 찾아
한식 차례와 추석 성묘를 다닐 때
6·25 한국전쟁의 흔적 남방한계선을 바라보며
고향을 지키는 재종형제 댁에서 점심을 할라치면
선영에 인접한 산야에서 채취한
그곳 형님 솜씨 고비나물이 제일 인기가 좋았었지
뜬금없이 고비나물을 왜 찾는담?
그 귀한 고비나물 받자마자 물에 담갔다

오른쪽 발바닥과 발가락에 대상포진 바이러스가 침범해
다리병신이 된 환자를 최선을 다해서 일으켜 세우려는
의지를
하늘이 시험해 보다가 감동했는지 조금은 차도가 있다
오늘은 지팡이에 의지한 그를 택시에 태워 혼자 병원에
보낸 날
4시간의 신장투석을 마치고 저녁에 귀가하면
새로 찧어 지은 쌀밥에 고비나물을 맛있게 볶아 내놓아
야지
철원 오토골에 묻히신 부모님과 몇 해 전에 돌아가신 재
종형님
지팡이도 집어 던지고 똑바로 다시 걸어 다닐 수 있도록
도와주소서

# 명절선물

설이나 추석이면 일주일 전부터
선물이 들어오는데
코로나에 찌든 세월 탓인가
올해는 예년만 못하다

정부 시책 규제대상에 저촉될라
전전긍긍하면서 보내는 선물인가
값비싼 갈비 세트나 홍삼 세트는 없다
아들 덕에 받는 선물 그래도 기쁘다

사과는 세 상자나 들어왔으니 한 상자는
황도와 배를 가져온 딸에게 주었다
김 세트는 반찬으로 한과는 이웃에 나누어 주었지
제일 좋은 선물은 아들이 주는 두둑한 용돈

딸 가족과 집 근처에서 맛있게 식사 후 차를 마시고
손자 손녀에게 용돈을 기분 좋게 건네는 가장 모습
27년 전 사업에 실패하고 절망하다 찾아간 철학관
남편의 후분이 좋겠다던 그 노인 얼굴이 떠오르네

# 복숭아 선물

'세상엔 공짜가 없다'라는 말을 실감하는 날이다
오랫동안 적조하던 사촌 시누이
엊그제 전화로 대뜸 주소를 알려 달라더니
오늘 오후에 햇사래 감곡 복숭아 한 상자가 도착했다

얼른 두 개를 꺼내어 시누이 사촌 오랍과 맛있게 나누
어 먹었다
그리고 아주 달콤하더라고 전화로 고맙다는 인사를 하니
기분이 좋단다
혼자되어 젊은 날 두 아들을 데리고 궁핍하게 살 때
약간의 도움을 준 적이 있었지

어른들 다 돌아가시고 이제 우리 종형제들도
팔구십을 향해 달리고 있으니 그녀의 감회도 남달랐겠지
지난 세월을 더듬다가 이웃하며 살던 때가 떠올랐던 모
양이다
아가씨, 건강하시구려!

# 봄쑥과 미역 선물

한우 양지 맑은 국물에 고성 쑥섬에서 온 미역을
들기름에 달달 볶아 푹 끓인 미역국을 먹으면서
눈치를 살피며 말했다
아! 참 맛있다. 그렇지?
응. 맛있네!
내 친구가 보내준 것이라 맛있다
남자 친구가 보내준 것이라 더 맛있다
묵묵부답이다

지난달 한 달간 휴가를 마치고 직장 근무처
열사의 나라 아라비아로 돌아간 시인 친구
오늘도 뜨거운 모래바람 속에서
가족을 고향을 조국을 얼마나 그리워할까?
대기업 사우디 법인에서 품질과 안전 책임자로
파견근무를 하고 있는 친구가 그립다

가족과 함께 고향 고성 쑥섬으로 나들이 가서
쑥을 캐고 미역을 채취해서 깨끗이 다듬고 손질해서
귀가하다가 개봉역에서 만나 건네준
애정 어린 먹거리 봄쑥과 미역 선물
쑥향 가득한 된장국과 쑥버무리 참 맛나게 먹었다오
여러 차례 아껴가며 먹었다오

# 비름나물

애야! 텃밭에 비름이 많구나
이제껏 할아버지가 생존해 계셨다면 140세
1966년 85세로 세상 하직하셨지
오늘 아침 알맞게 삶은 비름나물 고추장 양념에
참기름과 깨소금 듬뿍 넣고 간간하게 무쳐서
하얀 쌀밥에 먹으니 향긋한 미각이 끝내준다

아버지 두 배도 더 사신 나의 든든한 빽
유난히 비름나물을 좋아하시던 할아버지 생각에
55년이나 지난 세월을 뒤돌아보았네
그 시절에는 맛있는 줄도 모르고 먹었는데
오늘 아침 비로소 비름나물의 참맛을 알았네
멀리 시골 사는 후배 시인님 고맙소 고맙소!

# 선물

2021년 올해 첫 선물이다
그러고 보니 며칠 안 있으면 설날이네
귀한 과일 보내 준 고마운 마음
보통 선물은 일방통행이기 쉽지
이번엔 쌍방향 통행이어야겠다
마땅한 선물 고르기가 쉽지 않다

296인의 시 잔치 시집과 2020 가곡 CD집 3개와
언니가 보내준 엿기름 절반을 덜어 넣었지
우리는 서로 맑은 마음이 잘 통하는 사이
미망을 깨우치는 지혜의 씨로 날아가
답답한 세상살이에 한 모금의 청량제가 되어
늘 건강하고 행복하기를 비네

# 언니의 생일

오늘은 정월 열엿새
외사촌언니 81세 생일
이른 아침 고운 시클라멘으로 축하합니다

1996년부터 지금까지
해마다 추수해서 쌀은 물론
찹쌀, 엿기름, 늙은 호박, 밤, 검정콩
쑥을 넣은 떡가루까지 보내주신다

시골에서 일백만 원이면 얼마나 많은 돈인가
가장 치료비에 보태라고 쾌히 거금을 보내다니
엄마 같은 외사촌 언니
오늘은 가족들과 즐거운 만찬을 하시라고
모처럼 소래포구 횟집 광어회를 보냈지

# 줄가자미회

어제 아침 멀리 동해에서 잡힌 줄가자미가
홀딱 벗겨져 하얀 회 한 접시로 변신해서
고속버스 타고 서울로 올라와서 노총각에게 안겼다

한 달 전에 포항 친구에게 부탁해서 받아왔다는
그 횟감을 집에 가져다 놓고 저녁 준비를 하는 동안
신촌 세브란스 병원에 가서 제 아비를 모셔 왔다

미식가가 되었는지 이 양념에 저 양념에
이런 방법으로 저런 방법으로 먹어 보라는
설명을 하는 아들과 모처럼 오붓한 시간에

저렇게 자상한 면이 있는데 장가를 가면
화목한 가정을 얼마나 잘 꾸릴까 싶은데
아직도 때가 안 되었는가 눈치만 살폈지

13년째 신장투석 중인 아비의 은근한 압박을
무시하는 것은 아닌 것 같다는 생각이 들어
며칠 남지 않은 달력만 쳐다보고 있네

(2021. 12. 12.)

5부

건강

# 사랑이 고픈가요?

행복했던 수안보 여행의 후유증
젊은이나 걸어 내려갈 돌계단을 왜 뒤따랐던가
십여 분이나 걸린 산책이 무리였나 보다
아름다운 추억에 한 점 아쉬움을 보태려나

나 자신도 오른쪽 무릎이 아팠었지
벌써 사흘이 지났는데 아직도
오른쪽 넓적다리 바깥쪽 근육이 놀랐는지
밤새 잠 못 이룬다고 엄살이다

안방을 나와 뒷방으로 건너가서
어린아이 달래듯 한 시간 이상을 주물러주었더니
통증이 가라앉아 좋다고 하네
아. 사랑이 고팠나 봐!

우리가 각방 쓴 지 얼마나 되었지?
한 이 년 되었지!
고맙기도 하고 미안하기도 하네
사실은 십여 년이 넘었는데……

아기 잠재우듯 살며시 이불을 덮어주고
방문을 닫고 나와서 곰곰이 생각해 본다
늙어갈수록 부부는 한 방을 써야 한다는데
자유분방하게 살아온 습관이 문제로다

# 대상포진 1

대상포진 바이러스가 참 독하다
멀쩡하던 가장을 다리병신으로 만들다니
2주간 입원하여 병원치료를 마치고
귀가하니 현관 앞에서 휠체어가 반긴다

지팡이를 짚고 몇 걸음씩 옮기기에도 힘겨워
휠체어를 임대 신청하니 득달같이 도착했네
우선 거실 한쪽에 보관만 해 두자
어떻게든 치료를 잘해서 두 발로 걸어야지!

나도 그놈 때문에 고생했었지
2008년 4월부터 10월까지
그 후로도 몇 번 가볍게 나타나곤 했었어
몸 튼튼히 해서 그놈 범접을 못 하게 해야 해!

# 대상포진 2

건강할 때 건강을 지켜라
흔히 이 말을 많이들 한다
나는 이렇게 말하고 싶다
여행 후유증에 각별히 조심하자

2008년 4월 19일 성촌 정공채 시비 제막식에
참석차 하동을 1박 2일 여행한 후
대상포진에 걸려 병원 치료에도 불구하고
그해 나는 10월까지 고생한 바 있다

이번에는 열흘 전 형님 부부와 우리 부부가
수안보 온천욕을 하면서 1박 2일 여행을 하고 돌아왔다
즐거운 여행이었음에도 남편이 대상포진에 걸려서
병원 다니며 치료 중인데 후유증이 심각하다

울퉁불퉁한 내리막 돌계단을 십여 분 이상 걸은 탓인지
오른쪽 다리 통증을 호소하더니 동글동글한 붉은 발진이 군
데군데 일고
중심을 잡을 수 없을 정도로 발바닥이 아프다니 걱정이네
사랑이 고파 엄살 부리는 줄만 알았는데 정말로 많이 아팠겠다

# 삼복더위

예로부터 우리 선조들은 찌는 듯한
한여름을 보내는 데도 낭만을 곁들였다
그 낭만을 즐기기 위해서 선현들은 야외로 나가
돗자리 펴고 여름 별식을 들며 시문을 읊었으리

초복과 중복 날은 압력솥 백숙 덕을 보았겠다
말복은 민어탕을 끓여야겠다. 소래 어시장 원정을 가자
대중교통으로 왕복 네 시간이나 걸려 마련한
귀한 자연산 대신 양식 홍민어 한 마리 손질해 왔지

저녁 식탁에 민어회에 곁들인 우럭과 준치회
전복과 야채를 넣어 끓인 서덜지리탕 마련하느라
늦은 저녁 식사 시간에 먹다 남겨둔 두 해나 지난
전주 왱이모주 두 잔이나 들이켜니 정신이 알딸딸

중환자 85% 회복된 문촌에게 어때. 일등 마누라지?
복날은 으레 외식하는 날로 치부하던 과거에 비하면
올해는 우리 가정 복날 행사를 정성으로 다 지켰네
말복을 보내면서 올해 더위도 잘 보낸다는 안도감!

(2021. 8. 10.)

# 어금니

사람이 오래 살려면 이빨이 튼튼해야 한다고 했지
얼굴을 보기 좋게 받쳐주던 이빨들
원래부터 사랑니 없이 24개의 이빨을 간직했는데
삼 년 전부터 어금니가 빠져나가기 시작하더니
현재는 20개의 늙은 이빨로 음식물을 어설피 씹어 삼킨다

오른쪽 윗어금니 뽑힌 자리에 임플란트 이빨을 2개 하기
로 했다
오늘은 지난달에 뽑힌 그 자리에 뼈를 심었다
자동차 폐타이어 교체 하듯이
요즈음은 임플란트 이빨 교체가 대세다
양쪽에서 한 쌍의 늙은 어금니가 주거니 받거니 하는
음식물로 잇몸이 아프기만 하다

타이어 교환
중고 자동차가 된 지 이미 오래다
우리의 24개 이빨은 자동차 타이어와 같다

# 응급실 거친 인생 찬가

13년째 투석하는 문촌이
면역성이 저하되었는지
이 코로나19 역병 만연한 시대
대상포진 열꽃이 오른쪽 엉덩이부터
넓적다리 장딴지 복숭아뼈까지
동글동글한 수포가 발생

오른쪽 다리와 발가락 일부 마비 증상
밤새 눈 한번 못 붙이고
보호자 노릇 하기도 힘든 늙은 아낙
평소에 관심 밖이던 세상 응시해 보는 기회
12시간 응급실 진료를 받고
신경과 입원실을 배정받았다

응급환자를 돌보는 의료진과 일반 관리원들
시스템에 따라 일사불란하게
근무하는 모습에 경탄하지 않을 수 없었다
이렇게 고생하는 분들이 있기에
대한민국 의료과학이 이렇게
눈부신 발전이 있었구나!

코로나19에 대한 철저한 방역 관리로
환자와 보호자가 코로나 검사를 받고
다 같이 음성판정을 받고
가슴을 쓸어내리기도 했네
입원환자에게 보호자 1인만 허용될 뿐
일체 면회도 안 되는 철저한 방역체계
그 시스템이 잘 운용되는 것이 신기하기만 하다

숨 제대로 쉬는 일
눈동자 제대로 껌벅이는 것
음식물 섭취 후 신진대사 잘하는 일
발가락 마음대로 움직일 수 있어
자유자재로 보행할 수 있는 것이
얼마나 큰 행복인지 매사에 감사하면서 살 일이다
평소 건강 유지에 더욱 최선을 다하는 생활을 하자

(2021. 3. 25.)

# 예방주사

올해도 코로나19 예방주사 문제가
전 국민 아니 전 세계인의 화두가 되었네
이 와중에 우리 집 가장은 두 달에 가깝도록
그 못지않은 무서운 대상포진에 시달리고 있네

평소에 두 발로 서서 제대로 걷는 것이
얼마나 큰 축복이며 행복인 줄 몰랐지
오른쪽 엄지 검지 중지를 꽉 물고 있는
대상포진 바이러스와 사투를 벌이고 있네

이 모습에 경악한 나도 어마 무서워
오늘 대상포진 예방주사를 맞았네
2008년 봄부터 가을까지 나를 고생시킨
그놈 또 찾아올까 봐 거금 일십오만 원 썼네

# 응급환자

13년째 신장투석을 하는 중에 면역성 결핍인지
석 달 동안 대상포진 후유증으로 고생한 사람
택시 태워 병원에 보내놓고 한 시진 여유로운 시간 누릴 때
다급한 전화 목소리로 혈관이 막혀 투석을 할 수 없단다

입원했던 기억을 되살려 만반의 준비를 하고
응급실로 달려가노라니 왜 그리 교통이 붐비는지
쿵쾅거리는 가슴 안고 한 시간이나 걸려 병원에 도착해 보니
마냥 응급실에서 차례를 기다려야만 했다

3시간 후 영상의학실로 가서 40분간의 혈관 뚫는 시술을
마치고
투석실로 옮겨가서 평소 4시간 하던 투석을 3시간만 하였다
천만다행으로 입원하지 않고 늦은 시간에라도 귀가할 수
있었다
주말인데도 운 좋게 훌륭한 의료진의 시술을 받아 감사하다

이렇게 가슴 철렁 놀라면서 사는 것이 인생인가 보다

(2021. 6. 12.)

# 배설

인간이 건강하게 오래 살려면
잘 먹고 잘 싸고 잘 자는 것이 기본이다
그런데 배설 문제를 등한시하다가
당뇨병에 걸리고 그 관리를 잘못하다가
신장투석 환자가 되는 경우가 많다

신장투석 환자의 생활이란 참 가엽다
맛있는 음식을 마음대로 먹을 수가 있나
여행을 마음대로 할 수가 있나
의료과학이 많이 발전해서
신장투석 환자도 장수하기도 하지만
그 생활이란 것이 여간 불편한 것이 아니다

오랫동안 투석을 하다 보면 혈관이 약해져서
인조혈관을 삽입하는 수술을 받고 투석을 한다
음식물을 잘못 섭취한다든가
맞지 않는 약을 먹었을 때
인조혈관이 막혀서 신장 투석이 불가능하여
온갖 검사를 거친 후 혈관을 뚫어야 한다

이럴 때 자주 응급실 신세를 지고 있는
환자와 보호자는 함께 쫄쫄 굶으면서
이승과 저승을 오락가락하다가
혈관 뚫는 시술을 받고
곧바로 4시간 동안 할 투석을 3시간 만 하고
응급실 문을 나서면 자정이 훌쩍 지난다

건강할 때 자기 몸을 잘 다스리는 습관을 갖자
소변 한 방울도 배설하지 못하고
기계에 의탁하는 환자를 생각해 보라
가고 싶은 곳 어디에나 갈 수 있고
목마를 때 물 실컷 마시고 사는 그대가
얼마나 행복한 사람인지 아시는가

# 이발소

매달 머리 손질을 하고 오던 가장
대상포진에 묶여서 석 달이나 되어서
아내와 함께 지팡이에 의지하고서야
비로소 동네 이발소에 갔다

10분 거리를 30분 걸려서야 도착
마침 손님은 없고 우리 연배의
주인 부부만 손님을 기다리고 있었다
가장만 이발소에 들여보내 놓고

매주 1회 얼굴 마사지를 받는 날이라
이웃해 있는 화장품 가게로 갔다
부드러운 손길 속에 한 시간 동안 누워 있다가
상쾌한 기분으로 일어나 이발소에 들렀다

문을 열자마자 머리를 감기는 여자가 보였다
비누 거품에 범벅이 된 머리를 숙이고 있는 남자가
누구인지 확인이 필요했다
○○○씨가 맞나요? 예, 맞습니다

신문을 보고 있던 이발사의 안내를 받고
소파에 앉아 한참을 기다렸다
깨끗하게 헹군 머리를 이발사가 잘 다듬으니
뒤통수가 유난히 잘생겨 보였다

오른손에 지팡이를 짚은 사람
왼쪽에서 부축하다 중간에 앉아 쉬는데
라면 봉지 들고 전신을 떨며 가는 이 보이네
절룩절룩 지팡이 짚은 가장 저이보다는 아름답지

# 늙으면 애 된다

석 달 동안 대상포진 후유증으로 고생한 사람
택시 태워 병원에 보내놓고
한 시진 여유로운 시간 누릴 때
다급한 전화목소리
혈관이 막혀 투석을 할 수 없어 응급실로 간단다

입원했던 기억을 되살려 만반의 준비를 하고
응급실로 달려가노라니 왜 그리 교통이 붐비는지
한 시간이나 걸려 병원에 도착해 보니
마냥 응급실에서 차례를 기다려야만 했다

영상의학실에서 40분간의 혈관 뚫는 시술을 마치고
투석실로 옮겨가서 평소 4시간 하던 투석을 3시간만 하였다
입원하지 않고 10시 넘어서 귀가할 수 있었으니 천만다행이다
점심도 굶은 채 온갖 정성을 다 기울인 의료진에게 감사인
사를 했다

식사 전 손을 씻어라
이것 더 드시오, 약 드시오
건강회복을 위해
어미가 여덟 살 어린이 보살피듯 한다

# 정성

예로부터 한약을 복용할 때는
짓는 정성 달이는 정성 먹는 정성
이렇게 3정성이 있어야 한다고 했다
현대의학은 한의학을 멀리하게 한다
병원에 입원해서 온갖 치료를 섭렵하고도
후유증이 남은 환자는 지푸라기라도 잡는 심정으로
이리저리 온갖 방법을 다 찾아 헤맨다

이제 대상포진 발병한 지 6개월이 지났다
병원치료 후 후유증이 남을 수 있다는 신경과 의사
그대로 휠체어 신세로 살게 할 수는 없지 않은가
반드시 일어서서 두 발로 걷도록 해야지
하루가 멀다 하면서 신장투석을 하는 환자에게
한약 복용은 절대 금물로 아는 담당의사 몰래
180첩의 한약 중 오늘 아침은 마지막 한 첩을 복용시켰다

2주간 신경과에 입원하고 퇴원 후 외래진료를 병행하면서
3개월간 귀향침을 맞고 귀향이 처방한 한약을 계속 복
용하고

실내 자전거 타기를 반복하다 보니 하늘도 감동했던가
일주일에 3회 신장 투석할 때마다 휠체어를 밀다가 그 후
지팡이를 쥐어 주며 보행 연습을 시키면서 동행했는데
이제 택시를 이용해서 혼자도 병원을 잘 다녀오게 되었다
희망의 끈을 놓지 않고 최선을 다한 결과 90% 회복이다

어떤 고난이 닥쳐도 최선을 다하면 100% 성공은 아니
더라도
80%는 다가갈 수 있다는 신념으로 살아왔다
머리부터 발끝까지 100여 개의 침을 앞뒤로 고슴도치처
럼 맞은
가장에게 오늘 아침 마지막 탕약을 데워 대령하면서
그동안 잘 견뎌 주어 고맙다 인사하며 간청했다
'우리 지난해 금혼식 흡족하게 잘 치렀듯이 90세가 되면
회혼례도 멋지게 치를 수 있도록 건강관리 잘합시다'

# 초복

엊그제부터 왜 그리 더울까 했더니
바로 오늘이 초복이란다
가장에게 마늘껍질을 까달라 해놓고
가게로 달려가 영계 두 마리를 사 왔다

잘 씻은 발가벗겨진 닭 뱃속 가운데에
찹쌀을 넣고 마늘과 대추로 구멍을 막아
압력솥에 담아서 삼십 분 넘게 가열했더니
알맞게 백숙이 잘 되었다

맛있어요?
응, 맛있네!
제 요리 솜씨가 좋아서 맛있는 거예요
그래요, 아주 잘 했어요

어린아이들처럼 소꿉장난처럼
점점 더 늙어가는 병든 가장을 위해서
나름 지혜랍시고 생각해낸 생뚱맞은 대화
내뱉어놓은 내 언사가 부끄럽다

사실 나의 요리 실력은 알아주는 낙제생이다

# 화타(華佗)의 신침(神針)

화타신의비전(華佗神醫秘傳)을 습득했는가
현대판 화타가 틀림이 없다
어찌 고명한 스님의 혀 밑 혈전덩이
침으로 제거해낼 수 있단 말인가!

신침(神針)은 아무에게나 수혜 되지 않는다
서로서로 신뢰가 있어야 이루어진다
수십 년 전 결혼 초부터 걸핏하면 자주 코피를 쏟던 문촌
귀향침(歸鄕針) 한 번에 많은 피를 쏟아내고 고쳤었지

올봄엔 대상포진 걸려 우측 발바닥 신경 마비로 휠체어
신세
단절되었던 십여 년 세월 수소문해서 마침내 찾아내
값비싼 금해독제와 탕제와 주술도 거부감 없이 받아들
였다
드디어 귀향의 손길로 85% 회복 지팡이도 던져 버렸네

지금은 백중 기도 기간 매주 절을 찾아야지
조상님들의 영혼 극락왕생을 위해서

그런데 정작 주지스님은 법문도 못 하시는 중환자일세
지난주에 스님께 현대판 화타 이야기를 하고 약속했었지

조상님 전 기도는 뒷전이고 종무실을 거쳐 주지실을 찾았네
스님께 절하고 귀향(歸鄕)은 스님의 온몸을 살피더니
혀 밑의 몹쓸 혈전덩이 제거해야 한다고 내게 도움을 청
했다
엄마가 어린아이 안듯 노승을 품에 안고 작업을 도왔네

피떡이 제거되고 침과 지압으로 귀향이 애쓴 세 시간 후
귀향과 함께 요사채에서 늦은 점심 공양을 대접받았지
종무실로 나와 보니 정장을 하신 스님이 거기 계셨다
늠름하시던 몸 쪼그라져 왜소하더니 쭉 펴진 바른 자세

되찾은 노승의 위엄이 거기 계셨다
이 아니 놀라운 일인가!

(2021. 8. 1.)

# 홍시 먹는 날

오! 눈이 내리네
겨울에는 눈이 내려야 제 맛이지
동지섣달 하순이 다 되도록
함박눈은 감감무소식이더니
오늘은 제법 길을 하얗게 덮고
나뭇가지에도 하얀 줄을 입히누나

눈 내리는 이런 날은
홍시를 먹어야 제맛이지
잘 익은 홍시를 꺼내왔다
펄펄 내리는 창밖의 눈을 바라보며
달포 전에 시작한 6,000보 걷기 어쩐다?
입안에 스며드는 감미로운 맛과 바꾸고 말았네

6부

대화

# 대화 1

이제 초등학교 6학년이 되는
손자에게서 처음으로 메시지를 받았다

할머니, 새해 복 많이 받으세요
시를 지금 배우고 있는데
시를 쓰는 이유가 뭐예요?
저 영서예요

반갑다 우리 손자!
네, 할머니 잘 지내세요?

시를 쓰는 이유는 행복하기 위해서지
할머니는 지금 무척 행복하단다

시를 쓰려면 마음과 행동을
바르게 하려고 노력하게 되고
노력한 대로 결과가 나타나면
뿌듯하게 기쁨이 찾아온단다

할머니는 지금까지 열 권의 책을 냈고
그중에 할머니 시만의 시집은 다섯 권이란다
요즈음은 지난 2월 10일 출간된 제5시집
『금혼식』을 여러 사람에게 우송하고
나누어 주느라고 바쁘면서도 무척 행복하단다

시를 쓰는 이유는 쉽게 말해서
바른 사람으로 살기 위해서이고
그러다 보면 행복한 사람이 되는 것이다

네, 잘 알겠어요
그런데 읽는 이유도
행복하기 위해서예요?

좋은 시를 많이 읽으면
내가 모르던 것을 배우기도 하고
그 작품에 공감하기도 하여
자신을 정신적으로 많이 성장시킨다

네, 감사해요

우리 손자도
훌륭한 시인이 될 것 같구나
반갑고 기쁘다!


(2021. 2. 24.)

# 대화 2

영서야
이제 6학년이니 많이 컸겠지?
네 사진 직접 찍어서 보내 보렴!

지금 학원이라……
이게 제일 최근 거예요
11월 25일
11월 30일
그래도 일 년 전이네요

아주 많이 컸구나
잘생긴 우리 손자!

그렇지는 않아요……

왜?
할머니 눈에는 최고 미남인데?
……

# 봄 마중

뒷동산으로 봄 마중 가자
습지공원 개나리울타리는
아직도 봄이 온 줄 모르나 봐
노오란 눈을 언제 반짝 뜰까

연못가 키 큰 수양버들은 줄줄이
연둣빛으로 늘어서서 살랑살랑 춤추고
산마루 산수유는 노란 봄빛 자랑 한창이네
진달래는 붉게 웃는데 매화는 하얗게 생끗 웃네

# 팔불출

가장이 모처럼 봄나들이한다네
들기름에 달달 볶은 쇠고기뭇국에
이탈리아 포도씨유에 잘 구운
가자미 한 마리를 아침상에 올렸다

오늘은 일등 마누라이지요?
매일 일등 마누라이지
어라!
(매번 핀잔만 받았는데 별일이야)

친구 세 분을 만난다니
나의 다섯 번째 시집 『금혼식』 얼른
세 권을 포장해서 들고 나가게 하였다
막무가내로 안 가져간다는 것을

# 부처님의 세뱃돈

내일은 설날이다
몹시 춥던 날씨가 봄날 같아서
앞뒤 베란다 물청소로 먼지 제거하고
실내로 들어왔던 회분을 내놓있다

어제 발간된 다섯 번째 시집 『금혼식』
마루에 가득 쌓여 설 선물로 안성맞춤인데
코로나19 거리 두기 5인 이하 정부 시책에
이십여 권만 이웃에게 돌렸네

원각사 부처님이나 찾아가 뵈어야지
『금혼식』 시집 여섯 권을 가지고 나섰지
콜택시 여 기사가 딸 같은 느낌이라
한 권 선물하면서 시를 쓰면 행복하다고 했지

먼저 대웅전 부처님 앞에 시집 한 권 올려놓았다
지난해 『꽃시』처럼 『금혼식』도 보여드리고 싶었다
내일은 설날이라 세배 올린다고 고하면서
경건한 절을 세 번 하고 조상전 앞에도 한 권 올려놓았다

칠성각으로 가서 시집 한 권 올려놓고
올해 소띠 노총각 꼭 장가가게 해달라고 빌었지
마당으로 나와서 근엄한 미륵불 앞에도 한 권 놓고
고적한 산사 요사채 사무실로 들어갔다

주지 스님께서 졸고 계시다가 반겨 주셨다
『금혼식』 나머지 시집 한 권을 드리니
책값이라면서 거금 이십만 원을 주신다
부처님의 하명으로 전달해 주시는 것은 아닐까?

# 부처님 탄생일

어찌 이리도 환할까?
해마다 부처님 오신 날
우주 만물이 환하게 웃는다

해마다 사월 초파일에는
비님을 한 번도 구경 못했다
인류의 등불 자비로 밝힌다

# 물기름

아! 왠지 일요일은 늑장을 부리고 싶다
동창과 서창을 열고 보니
라일락 향기가 코끝을 간질이고
하얀 후박꽃이 연둣빛 녹음 속에서 생끗생끗
벌써 사월의 마지막 주간이네!

늦은 아침상을 차려놓으며
손 씻고 오라고 성화를 부리기 전에
깨끗이 목욕하고 나온 남편을 보자
오늘은 미남이네요. 머리도 이쁘고요
물기름을 발랐지!

대상포진으로 오랜 투병 생활 중
진이 빠진 아내의 수발에 고분고분해진 남편
어서어서 혼자서도 잘 걸을 수 있기를 기대하고
모처럼 화색이 도는 얼굴을 바라보며
웃으면서 함께 즐거운 식사를 했네

# 라틴어 공부

세상의 모든 존재는 생자필멸(生子必滅)의 원리에 따라
언젠가는 사라지는데 자신도 그 범주를 벗어날 수 없음에도
대부분 평소에 천년만년 살 수 있을 것처럼 무심히 산다
나 자신도 예외가 아니었다

그런데 지난해 어머니를 여의고 부쩍 짧아진 여생이
내 귀를 잡아당기는 것을 알아차렸다
자신에 대한 성찰의 기회를 심각하게 고민하게 되었다
너무 늦게 깨우쳤다고나 할까

큰마음 먹고 마지막 기회로 알고
자신에게 큰 투자를 하였다
젊은 사람들 틈에 끼어 인문학 강의를 듣는다
여생을 잘 갈무리하고 어머니처럼 유한 없이 떠나기 위해서

라틴어 한마디를 배웠다
Do ut Des  (도 우트 데스)   네가 주니까 내가 준다
Vive hodie!  (비베 호디에)   오늘을 살아라
숨 쉬는 동안 희망을 품고 마지막 인생을 위해 공부하리라

# 군밤

과일이 풍성한 가을이다
이웃으로부터 알밤 한 되를 얻었다
열댓 개를 구워서 껍질을 벗기는데
칼집도 안 넣고 구웠더니 잘 벗겨지지 않는다
이빨 빠진 호랑이에게 측은지심으로
어렵게 벗긴 알맹이마다 모두 건네며
나는 오직 당신을 위해 태어난 사람이야!

골방에 처박아 두고 냄새난다면시?
가슴에 손이나 얹어 보고 말하시오
양치 자주 하고 손 자주 씻으라는 말이 섭섭했나 보다
젊은 날엔 위압적인 태도에 꿈쩍도 못 했는데
하루 세끼 맛있는 식사와 간식 알뜰히 챙기며
이제야 한 방향으로 아름답게 바라볼 수 있는데
서산의 해는 바쁘다고 내 인생 발걸음 재촉하네

# 사랑 고백서

향기로운 국화가 나의 시선을 당기네
엄마 생각이 따라서 오네
내일모레까지 안 팔리면 이 꽃 제가 사가겠어요
그다음 날 성묘 가야 하니까요
팔리면 이런 노란 국화 다시 준비하랬는데
이 꽃 그냥 그대로 있네요
할머니 드리려고 안 팔았습니다
입에 침이나 바르고 말씀하셔! 얼른 포장해 주세요

국화야, 나 하고 엄마한테 함께 가자
나의 품에 안겨서 무궁화호 타고 가자
노란 국화 화분을 품에 꼭 안았습니다
유난히 꽃을 잘 기르시던 분, 산뜰에 심고
아버지와 함께 즐거워하실 모습 상상했네요
지난해에 나온 시집 『꽃시』
올봄에 나온 시집 『금혼식』
두 분께 드리는 편지도 함께 이슬에 젖지 않게
비닐에 잘 싸서 놓았어요, 읽어 봐주세요
저의 사랑 고백서입니다

# 부럽네

친구가 부럽다
늦장가 든 막내가 아들을 낳았다고
사진을 보내고 자랑하네

우리 집 노총각도 올해는 꼭 결혼해서
나도 손자를 자랑할 수 있으면 좋겠네
아! 예쁜 손자를 안아보고 싶다

# 말투 시비

여보, 어디 있어!
화장실 있어요
빨리 써! 나도 써야 돼!
……

써!
써? 말투가 왜 그래?
왜 그래요? 말투가 어떻다고요?
써! 다음에 '이 새끼야!'라는 말이
뱅글뱅글 돌고 있잖아!
나도 작가야, 너만 작가인 줄 아니?

'어서 쓰세요'
왜 이렇게 공손히 안 나왔을까?
정성들인 아침밥에
맛난 한라봉까지 웃으며 먹었는데……

# 자화자찬

문학기행을 다녀와서 시 한 편을 올렸더니
다섯 개의 답글이 달려서
답글에 답글을 달고 자랑질을 했지
구렁이 춤추는 듯한 언사에 한심하다는 표정

그래, 존경합니다!
아이고 소정 인생 성공했구나!
문촌한테 존경한다는 말을 다 듣다니요?

아! 내 모양새가 구겨진 모양이네
얼렁뚱땅 꼬리를 감추어야 했네요
한참 박장대소하면서 부끄러워
들기름 듬뿍 넣은 미역국에 웃음 밥만 지었어요

약력

# 민문자 시인

청주여자고등학교 졸업(1963)

청주교육대학교 졸업(1965)

한국방송통신대학교 국어국문과 졸업(2007)

숭실대학교 중소기업대학원 최고경영자과정 수료(1987)

인하대학교 경영대학원 최고경영자과정 수료(1988)

인하대학교 산업대학원 관리자과정 수료(1989)

서강대학교 경영대학원 STEP과정 수료(1994)

한국언어문화원 표현력개발스피치 수료(2000)

한국낭송문예협회 특별회원(2011)

서울대-구로구 지도자 아카데미 수료(2011)

서울대-구로구 평생교육강사 인큐베이팅과정 수료(2012)

서울대-구로구 평생교육강사 심화과정 수료(2013)

고려대-구로구 지도자 아카데미 수료(2014)

2014 평생교육강사 연수(이수번호 2014-034/전문인력 정보
은행제 서울시 평생교육 강사)

조선일보 인문학포럼 제2기 수료(2021. 6. 30.~2022. 1. 26.)